LES
RECLUSIERES
DE
VENUS.

LES
RECLUSIERES
D E
VENUS.

ALLEGORIE.

A LA NOUVELLE
CITHEROPOLIS.

M. DCC. L.

LES
RÉCLUSIERES
DE
VENUS.

Quand au Croiffant la Gréce fut fou-
mife,

Et l'Italie en proie aux Gens d'Eglife,

Venus quitta Caprée & Cibaris,

Vint s'établir dans les murs de Paris;

Ses beaux enfans les Amours, les Carites,

Vinrent nicher dans les mêmes guérites,

A 3

D'où

D'où décochoient les freres Cupidons
Les traits forgés pour les chastes Didons,
Pour les Thisbés, pour ces Agnès novices
Croyans l'Amour germe de tous les vices.
Filles, Nonains, Veuves, Femmes de Cour
Tout s'enivra du nectar de l'Amour;
Gnyde, Paphos, Amathonte & Cithere,
Lieux renommés pour le lascif mystere,
Ne furent plus que Vignettes aux Vers
Que *Rameau* met sur tant de sons divers.
Paris devint le rendez-vous des Graces,
On vit marcher sur les legeres traces
Des ris, des jeux, des douces voluptés
Un monde entier de lubriques Beautés,
Qui recevoient l'argent & les hommages
De tous les rangs comme de tous les âges:
A leurs filets se prend un Adonis,
Un Abellard, un Sage à cheveux gris;

Entre

Entre les bras des Iſſés, des Armides,

Dormoient, filoient, tricotoient nos Alcides,

On ne comptoit jours heureux que les jours

Marqués, fêtés par les tendres Amours.

Tous à Cipris préſentoient des offrandes;

Sur ſes Autels flottoient mille guirlandes,

Bruloit, fumoit le plus ſuave encens,

Et ſe ſiffloient d'inéfables accens;

On s'y juroit une flamme éternelle,

Tout promettoit à l'aimable Immortelle

Un regne, un culte, à l'abri des revers,

Devant durer autant que l'Univers.

Quand de Caldée, ou des champs de Florence

Vint à Lutéce une exécrable engeance

Peuple maudit, mielleux, friſé, fardé,

Dont le fumet fut toujours haſardé;

Plus malfaiſant que peſte, que famine,

Qui va ſappant le monde en ſa racine

A 4

Avant

(8)

Ayant pour chef le Poupet Echanſon

Qui ſert aux Dieux l'immortelle boiſſon,

Qui projettant de honteuſes conquêtes,

Détache au Cours, dans les jeux, dans les fêtes

Ses Lieutenans, Giton, Antinoüs,

Pour débaucher les ſujets de Venus.

Tout réuſſit au gré de Ganymede,

Sans Courtiſans eſt au bal Andromede :

Plus de parfums aux Autels de Cipris,

Plus de bijoux pour les vaines Lays ;

Goût pour la Manthe eſt taxé de folie,

De lieux pervers les boſquets d'Idalie,

Pour préjugés on cite les horreurs,

Du Dieu des Dieux, de certains Empereurs;

Sous les drapeaux de l'infame Priape,

Paſſent Bourgeois, Robin, Duc & Satrape;

Quel attentat ! en mornes tapinoïs,

Ils vont à l'ordre au jardin de nos Rois;

Venus.

Venus qui voit déferter fon Empire,

Un Ragotin l'emporter fur Alzire,

Fait chez Thémis retentir fes clameurs

Contre ces gars doucereux fuborneurs,

Qui pratiquant des routes inciviles,

Et ne fémant qu'en des terres fteriles,

Privent l'Etat des fécours renaiffans

Que l'Opéra fourniffoit tous les ans.

Themis l'écoute, époufe fa querelle,

Sur deux goujats fa juftice étincelle,

Contre eux prononce un attifant Arrêt.

Venus accourt, & d'un œil fatisfait

Souffle le feu, la flamme devorante

Chez fes rivaux va porter l'épouvante,

Qui ne dura qu'autant que les tifons

Flambloient, grilloient les deux nouveaux
   Chauffons.

On

On évoqua le bel Alcibiade,

Les trois Mignons peints dans la Henriade :

D'après les traits de Narcisse & Paris

Etoient sculptés les musqués favoris,

Qu'on mit en jeu pour rassurer l'Armée

Qui des fagots paroissoit allarmée.

Venus pour lors monte chez Jupiter,

Veut que sous eux il entr'ouvre l'enfer :

Ce Dieu voyant sa fille courroucée

Parut d'abord souscrire à sa pensée,

Il faudra donc qu'il soit ouvert toujours !

Les châtimens sont d'un foible sécours,

Car qu'a servi de cinq Villes l'exemple,

Mon Echanson n'en a qu'un plus grand Temple !

Répond le Dieu, par fois enclin au cas

Qui pour Socrate eut, dit-on, des appas.

Il

Il ajouta, la caufe m'eft commune,
Hélas ! fur moi tombe votre infortune,
Si la rofée eft fouftraite à vos fleurs,
Je n'aurois plus bientôt d'adorateurs,
Et mes carreaux dans mes mains inutiles,
Ne frapperoient que des monts immobiles;
Par intérêt autant que par amour
Vous me verrez repeupler votre Cour;
Mais le dirai-je ! une lâche indulgence
De votre culte a fait la décadence,
Dans mes bureaux font des tas de placets
De gens meurtris, bleffés par vos lacets,
Et je n'entends que plaintes, que murmures
Contre l'abus que font vos mignatures
De ces attraits, qu'elles n'ont des deftins
Que pour fervir au bonheur des humains.
Jamais Ninon ne peut être affouvie,
Met fes Ribauds fucés à l'agonie;

La

La Rhodia de ses sucs virulens

Fait des cadeaux mordicans & brulans;

Puis chez Pibrac, & sur la sombre rive

Vont à grands frais les sots qu'elle captive;

Phriné n'admet que des Seigneurs hupés,

Rit au foyer des Podestats dupés;

On perd son tems en élaguant Nérine,

Et son renom a l'hôtel de Corine;

L'or seul seduit une autre Danaé,

Pour un Taureau brule Pasiphaé;

Nicette voue un Amour sans partage,

L'instant d'après convoite un jeune Page;

Briselidis compte autant de travaux

Qu'elle a logé d'Amans aux Hopitaux;

Lise aux ébats qu'aime la tourterelle

Est sans vertu, n'a rien qui vous rappelle;

L'une en Junon traite ses soupirans,

Au moindre écart, souleve tous les vents;

L'autre

L'autre tenant son teint de l'artifice

Sous ses rideaux dégouteroit un Suisse :

Toutes sans foi, sans mœurs, font de Paris

Un lieu moins sûr que l'antre à Busiris.

Autre sujet de deuil, d'ignominie

Dont se prevaut l'indigne colonie,

Sont ces cartels que dans un carefour

Donne hardiment une Agente d'Amour

Pour ces Catins, ces Nymphes boucanieres,

Dont les reduits font voisins des goutieres :

Beauté bannale est objet de mépris,

Meuble étalé perd dès lors de son prix ;

Mais, direz-vous, il est dans mon empire

Des Eucharis qui comme Déjanire

Honneur du Sexe enflamment des Héros,

Et qui sembloient assurer mon repos ;

Oui, j'en connois, mais près d'une Arthemise

En vains désirs un Céladon s'épuise,

B

Si

Si pour Hébé fon cœur s'épanouït

De tous fes foins une œillade eft le fruit.

Fille qui vife au Temple d'Hymenée,

En préludant, craint d'en fermer l'entrée.

Belle Venus, à ces legers tableaux,

Reconnoiffez les fources de vos maux,

A vos Circés imputez les ravages,

Qu'a fait Priape en tous vos héritages.

Venus convient, fanglote, & de fes yeux

Coule un criftal qui parfume les Cieux;

Demande au Dieu, fon monarque & fon pere,

De relever le Thrône de Cithere;

Du Ciel le maître & premier Citoyen

Dit, j'y confens : mais il n'eft qu'un moyen,

C'eft de créer riantes Réclufieres

Que régiront des Abbeffes routieres,

Et d'y cloîtrer, galamment, avec choix

Tendrons fringans, dociles à leurs loix,

Qu'on

Qu'on formera dans tous les exercices

Dont l'Art d'aimer préſente des Eſquiſſes

Qu'a crayonné l'expreſſif Aretin

Mis en pratique au Dortoir Celeſtin,

Qu'on parera comme Nymphes, Driades,

Flore, Pomone, ou les vives Nayades.

Vos ſeuls enfans les Amours & leurs Sœurs

A ces Nonnains ſerviront de baigneurs,

Des noms mignards reſpirans la luxure

Feront au cœur la premiere bleſſure ;

Margot fera la charmante Aglaé,

Fanchon Victoire, & Pernette Daphné,

Dodon Fatime, & Charlote Emilie,

Cateau Lolotte, & Jeannette Julie.

Profeſſe, ou non, appellera Maman

La Prépoſée ou Duegne du Couvent,

Freres Poupins ainſi qu'aux Capucines

Seront en nombre aux ordres des Beguines ;

B 2

Les

Les Sœurs liront au lieu de Rodriguez

Alofia, le Portier, ou Sanchez:

De lits, fophas, plutôt que de Pendules,

Vous garnirez les parloirs, les célules

Et d'Efculape un fils colifichet

Sera gagé pour foigner le guichet

De chaque Sœur; aucune au facrifice

Sans fon vifa n'exercera d'office;

Toutes fauront les hymnes, & les airs

Faits pour chanter vos myfteres divers?

A leurs faveurs il eft dû des falaires,

Mais qu'un tarif fixe leurs honoraires,

A tant les draps, à tant pour le couteau,

Pour l'acolade en paffant, un réau.

En voiles blancs & guimpes tranfparentes

Le jour, la nuit, également ferventes,

Feignant, s'il faut, de tendres fentimens;

Qu'un Traitant croye avoir les premiers gants,

Au

Au moins du cœur avoir trouvé la route,

Suivez ce plan, vous verrez la déroute

De ces brigans monſtres Bulgariens,

Vils détempteurs des fonds Veneriens;

Vous rentrerez foudain dans vos domaines.

Il dit; Venus de ſon char prend les rênes,

Defcend, ſe rend des lambris étoilés,

Brulant les airs, dans ces champs émaillés,

Lieux confacrés aux douces rêveries

De ceux qu'Amour lutine aux Thuilleries.

Là ſe préfente à ſes premiers regards

L'Hôtel brillant des Victimes de Mars;

Sur l'autre rive, en un lieu folitaire

Un bâtiment propre aux ûs de Cithere

Ceint de Vergers & n'ayant pour voifins

Que les Zéphirs, les échos, les Serins;

Son fils le marque, y place ſon enclume,

Marteaux & fourneau, qu'auffi-tôt il allume,

B 3

Prend

Prend fon carquois, fes fléches, fes brandons,
Bat le tambour aux Halles, aux Porcherons.
Au premier coup vôle fous fes bannieres
Un jeune effain de Beautés chiffonnieres
Qu'au nouveau cloître on ména, renferma,
Qu'on décraffa, tignona, parfuma,
Et qui des mains de Venus la Nonette
Prirent l'habit qu'avoit cette Coquette
Quand elle alla conquerir Adonis,
Ou fe foumettre à l'Arrêt de Paris.
Une Sibille à face puftulante,
A gueule torfe, harpie, ogre, bacchante,
Reçoit la croffe, & les nombreux écus
Qu'à chaque inftant on préfente à Venus,
Prix des appas, & des chaudes careffes
Qu'à fes devots prodiguent fes Prêtreffes.
Des Dieux le pere, & le Roi des humains
Concourt lui même au bonheur des Nonnains,
Mande,

Mande, & commande à Mercure, à Lucine,

De les pourvoir d'Hercules, de Piscine,

Par le premier, au nouveau paraclet,

Fait publier, afficher son décret.

L'Abbesse aux Sœurs qui sont sous sa férule

Lit chaque jour la délectable Bulle,

Bulle adressée à Venus, aux Amours,

Gage immortel, elixir du discours

Du Dieu tonnant à sa fille éplorée,

Qui de son regne assure la durée.

Priape au bruit du nouvel Institut,

Prévoit ses maux, pleure sur sa tribu.

Jamais l'odeur des plus Saints Cénobites

Ne fit germer tant d'ardens Prosélites ;

Au paraclet, font ou rendent des vœux

Milord, Dervis, Batards, Borgnes, Boiteux ;

A chaque Autel, encens ou sacrifices,

C'est l'Elisée, Eden, ou les prémices

Du

Du paradis dont berce l'Alcoran

Le trop crédule & charnel Mufulman.

Vû la ferveur, l'abord au Monaftere,

Venus jugea qu'il étoit falutaire,

Ce requerant fon indomptable fils,

D'en fonder quatre aux remparts de Paris,

Qui du premier feroient les quatre filles,

Et fous les loix de quatre autres Sibilles ;

Qu'on y fuivroit le divin reglement

Source des biens du Cathédral Couvent.

Fut dit, fut fait, aux quatre Réclufieres,

Tous jours font jours d'indulgences plénieres

Quoiqu'en fous ordre, on y voit un concours

Qui fait ombrage au chef-lieu des Amours :

A cette époque, au jufte eft accomplie

De Jupiter la fure prophetie.

Venus enfin voit renaître ces tems,

Ces jours fereins, ces éternels printems,

Tems

Tems des Médors, qu’elle, ou bien ſes images
De tous les cœurs avoient tous les hommages,
Qu’on s’eſtimoit dans ſes fers fortunés
Sans ces douceurs à la mort condamnés.
Priape fuit, le Démon Socratique
Va ſe cacher dans un taudis claſſique.
Ces Loups de nuit, honteux même à nommer,
Qu’envain ces Vers voudroient plus diffamer
Pour qui Jacinthe a les charmes d’Hortenſe,
Reveurs, confus, & dans la pénitence
Chargent de goût, d’allures, de diſcours,
Prêtent ſerment à Venus, aux Amours;
Caligula quitte le beau Catule
Et pour Lesbie enfin change Tibule.

F I N